I0637351

R

PENSÉES

ET

RÉFLEXIONS DU CŒUR D'UNE FEMME.

PENSÉES

ET

RÉFLEXIONS

DU COEUR D'UNE FEMME,

PAR

Mlle Folleville.

> Je n'ai point encore trouvé d'homme
> qui n'eût été trompé dans ses rêves de
> félicité, point de cœur qui n'entretint
> une plaie cachée !....
>
> CHATEAUBRIAND (*Atala.*)

MARSEILLE.

TYPOGRAPHIE

DES HOIRS FEISSAT AÎNÉ ET DEMONCHY,

rue Canebière, n° 19.

1838.

PENSÉES

ET

RÉFLEXIONS

DU CŒUR D'UNE FEMME,

———— ❦ ————

1.

Il faudrait oublier le passé comme on ignore l'avenir.

2.

Toutes les mains ne sont pas douces à panser les blessures, tout les cœurs ne savent pas consoler !

3.

Les arts sont si près de l'âme, qu'il leur est facile de la toucher.

4.

Nous trouvons la vie trop courte, et Dieu l'a jugée si longue, qu'il en a consacré la moitié au sommeil.

5.

Les hommes ont pu créer des lois, des usages, des religions, des mœurs; mais des sentimens, des passions, jamais.

6.

Les paroles tendres et douces sont les caresses du cœur.

7.

Il y a des âmes qui ne s'usent jamais, et, malgré tout le frottement de la vie, elles conservent toujours cette candeur qui les fait être heureuses de peu de chose, mais aussi elles souffrent long-temps d'un rien !

8.

L'avenir est comme une lettre qui ne

nous appartient pas , dont on ne peut briser le cachet , et dont on brûle de savoir le contenu.

9.

Il y a quelquefois autant d'imprudence à cacher son attachement aux gens qu'à le leur trop montrer.

10.

Un cœur souffrant se meurtrit d'un grain de sable , tandis qu'heureux, il ne se plaindrait pas d'une pierre qui l'aurait touché.

11.

Le bonheur fait des flatteurs et des ennemis, le malheur débarrasse des uns et désarme quelquefois les autres.

12.

La timidité s'épanouit par le succès, l'orgueil se pavane.

13.

Le présent est presque toujours mélangé des regrets du passé et des craintes de l'avenir, voilà pourquoi il est si rarement heureux.

14.

Il y a des êtres qui ont tellement besoin que l'on parle d'eux, qu'ils aiment mieux la célébrité du mal, que de n'en avoir aucune.

15.

La musique est la peinture des oreilles.

16.

Un homme prend une femme comme un jouet d'enfant; une femme doit prendre un homme comme un livre, l'étudier, et réfléchir !

17.

Notre organisation ressemble à une pièce

d'étoffe : on a beau vouloir l'arranger, la plier, la déplier ; les premiers plis ne s'effacent jamais, ils s'usent, et voilà tout.

18.

Le véritable talent est comme un morceau de liége : l'injustice le précipite souvent au fond de l'eau, mais il revient toujours au dessus.

19.

Quand le souvenir du passé heureux vient s'asseoir à côté du malheur présent, il ressemble à une raillerie.

20.

Il y a une sorte de consolation à souffrir quand on sent au fond de son cœur qu'on l'a bien mérité ; alors on se dit : « j'expie. »

21.

La raison a son exagération comme la folie.

22.

La vérité a un regard que le mensonge sait rarement soutenir.

23.

On regrette la jeunesse et il y a bien peu de femmes qui voudraient y revenir par le même chemin.

24.

La liberté est une esclave qui ne sent pas sa chaîne.

25.

L'esprit est souvent un bijou creux, le bon sens est toujours un lingot.

26.

L'amour-propre est une plaie sans cesse au vif ; le moindre attouchement y est sensible.

27.

Il n'y a pas de départ qui n'ait sa tristesse.

28.

Rien n'arrête un homme quand il est
amoureux ; la moindre des choses au contraire retient une femme ; c'est que l'un ne
voit qu'un but au bout de sa course, et
l'autre un précipice.

29.

Il y a des yeux tellement observateurs,
qu'ils savent deviner des larmes sous le
plus gracieux sourire.

30.

Le livre qui renferme le plus de feuillets
à étudier c'est le cœur humain et souvent
le sien.

31.

Les femmes ne doivent pas aimer les

révolutions, car elles y sont toujours négligées.

32.

La souffrance compte les secondes, l'amour oublie les heures.

33.

Il y a au milieu de la vie des chagrins, des événemens inévitables que l'on prévoit, et qui, dans l'avenir, nous paraissent un point ; mais ce point arrive sur nous en grossissant, et semble alors un colosse qui doit nous écraser.

34.

Des lettres souvent font naître l'amour, plus tard, elles l'alimentent, plus tard encore elles le soutiennent ou elles éternisent un souvenir ! Point d'amour passionné sans lettres.

35.

Une timidité extrême répand comme un brouillard sur tous les objets que l'on voit pour la première fois; il faut un peu de temps pour qu'il s'éclaircisse.

36.

Il y a des yeux qui ne peuvent pas se rencontrer sans se fixer.

37.

Les coups de la fortune meurtrissent, ceux de l'amour déchirent.

38.

Il y a des gens qui sont spirituels d'âme et non d'esprit; ils ne brillent pas dans la société, ils y passent souvent inaperçus, mais quand on les voit dans l'intimité, ils sont dangereux pour le cœur.

39.

Tous les hommes savent être l'amant

d'une femme, mais bien peu ont la générosité d'être seulement son ami.

40.

Il y a des personnes qui vous offrent des services comme les enfans vous offrent des bonbons, c'est-à-dire, persuadées que vous n'accepterez pas.

41.

Un suffrage isolé vaut bien quelquefois celui des masses.

42.

Il y a des sympathies qui vivent ensemble sans se connaître.

43.

L'amour se nourrit d'illusions; si une se détruit, toutes les autres se défilent comme un chapelet.

44.

Une mère prudente doit marier sa fille

le plus tôt possible, et son fils le plus tard qu'elle peut.

45.

La mélancolie se soulage en écrivant, comme la tristesse en pleurant.

46.

La musique devrait être le premier des arts, car il y a de la musique dans tous les langages, même dans le bonjour d'un jeune enfant à sa mère; cette mélodie là n'est pas la moins enivrante.

47.

Il y a des liens brisés qui tiennent toujours par un fil invisible que rien ne peut rompre.

48.

Si l'on pouvait éviter la vieillesse comme une maladie contagieuse, on changerait

2.

souvent de climat, on serait toujours en voyage, et sur la route, on verrait bien autant d'hommes que de femmes : qu'ils en conviennent.

49.

L'oubli n'a d'asile que chez les égoïstes.

50.

On voit beaucoup de femmes désirer devenir homme, jamais on n'a vu d'hommes préférer être femme ; à moins que ce ne soit en plaisantant, et pour dire qu'ils seraient alors le contraire de ce qu'ils veulent que nous soyons.

51.

Les gens de beaucoup d'importance et de peu d'esprit, font attention aux petites choses et laissent tomber les grandes.

52.

On arrive à n'être plus jeune en croyant qu'on l'est encore.

53.

Pour avoir le jugement bien positif de beaucoup de personnes, il faudrait leur faire lire tous les auteurs comme des anonymes, exécuter toutes les partitions comme des musiques inconnues, leur faire voir et entendre les acteurs sans les nommer ; alors, plus de préventions bonnes ou mauvaises, on serait bien plus sûrs du mérite de chaque artiste, de chaque auteur, et surtout de l'esprit et du goût de ceux qui les jugent ; le nom aide bien des personnes dans ce qu'elles doivent dire ou penser ; c'est comme une énigme dont on a lu furtivement le mot : on a l'air de le deviner.

54.

Le malheur rend le méchant plus dangereux et le bon meilleur.

55.

L'enfance chancelle, la jeunesse court,

l'âge mûr marche, la vieillesse se traîne.

56.

Napoléon a dit : les hommes sont comme des chiffres, ils n'ont de valeur que selon qu'ils sont posés; cependant de telle manière que l'on place de certains êtres, il y en a qui resteront toujours zéro.

57.

La mémoire est comme une coquette; pour la fixer il faut choisir son bon moment.

58.

Rechercher le monde et la distraction est quelquefois la preuve d'une grande douleur !

59.

L'âme a son sommeil comme le corps.

60.

La meilleure organisation est celle qui fait la part de toutes les autres.

61.

Comment douter de Dieu quand on se voit puni d'une faute, ou exaucé dans un de ses vœux ?

62.

L'amitié est comme une boisson tiède que l'on néglige un peu dans l'été, et à laquelle on revient quand l'hiver s'approche.

63.

L'amour n'a qu'un présent sans avenir.

64.

Une femme doit toujours avoir une coquetterie bien entendue dans sa toilette, gracieuse et douce dans l'esprit, mais aucune dans le cœur.

65.

Le bon ton qui ne vient pas de l'âme,

mais seulement des convenances du monde est un vernis qui s'écaille facilement.

66.

Il ne faut jamais se venger de rien, il y a assez du temps et des événemens pour prendre ce soin là.

67.

Une trop grande sensibilité, est une infirmité morale dont on raille souvent et que l'on plaint rarement !

68.

Avoir peur de mourir, c'est douter de la bonté de Dieu.

69.

Les pensées que l'on cherche, sont celles que l'on ne trouve pas.

70.

La poésie est la musique de la prose comme le chant celle des vers.

71.

Il y a des enfans qui apportent en naissant le cachet des anges, c'est pour cela sans doute que Dieu les reprend sitôt!

72.

Le préjugé contre le comédien s'éteint, mais le dégoût pour l'art dramatique s'éveille.

73.

Il y a des rêves qui ne font pas arriver un malheur, sans doute, mais ils en donnent le pressentiment, c'est une tristesse vague, qui devance un chagrin réel.

74.

En commençant la vie on ne croit pas à la mort ; après les premières illusions passées, on ne fait plus que l'attendre !

75.

Si on laisse tomber de certaines calomnies, ce n'est que de la boue, si on veut les relever, c'est de l'eau forte.

76.

En mal comme en bien, les femmes dépassent presque toujours le but; voilà ce qui les perd; les hommes, au contraire, l'atteignent rarement, c'est ce qui souvent en fait si peu de chose.

77.

Il y a des types de caractère dont le moule n'a servi qu'une fois à la nature.

78.

Il faut se méfier de la bonté de ceux qui blâment facilement.

79.

Un artiste n'a jamais de lendemain avec le public, pas plus qu'avec de certains cœurs en amour.

80.

Croire à une autre vie console, craindre le néant a quelque chose de froid qui glace et qui torture.

81.

On ne pourra jamais établir qu'une demi-égalité chez les hommes ; la nature est là, qui placera toujours les capacités et les nullités chacune dans sa case.

82.

On est quelquefois bien isolé au milieu du monde et bien entouré dans la solitude.

83.

Le plus petit devoir que l'on s'impose et que l'on remplit rafraîchit et satisfait l'âme.

84.

La louange est une douce liqueur qui enivre bien facilement, quand on n'a pas

3

le bon sens de s'en défendre, ou d'en reconnaître la qualité.

85.

Un portrait ne vous donne jamais que les traits de ceux que vous aimez, mais non toutes leurs physionomies ; on ne peut tout au plus en obtenir qu'une, et ceux qui sentent, soit d'âme ou d'esprit, en ont mille.

86.

L'expérience sert de leçon aux hommes ; pour les femmes, elle n'est qu'une douleur !

87.

La solitude fait apprécier la vie et sait la mettre à profit.

88.

L'absence retrouve rarement ce qu'elle a laissé.

89.

Dans un lien qui se brise, celui qui n'a rien à se reprocher peut encore trouver de la douceur dans ses larmes!

90.

La liberté est comme les divinités de la fable, dont on parle beaucoup, mais que l'on ne voit jamais.

91.

Un homme parle de ses amours avec légèreté et presque toujours en riant; une femme au contraire n'en fait le récit qu'en soupirant.

92.

Il y a de belles personnes qui ressemblent à de jolies enveloppes qui ne renferment que des lignes insignifiantes, ou bien encore, à ces beaux temples où l'on va frapper avec empressement, mais où rien ne vous répond.

93.

Le brillant plaît au théâtre, il séduit dans le monde; mais dans l'intimité il gêne, on y recherche la simplicité, on y veut le naturel.

94.

Dans le vieux, extrêmement vieux, on trouve quelquefois pour faire du neuf; c'est le goût qui s'en charge.

95.

L'entêtement est la seule force de caractère des personnes faibles.

96.

Nous osons nous dire forts; nous croyons avoir une volonté, et une autre volonté plus impérieuse que la nôtre encore, nous pousse, nous fait agir différemment que nous ne voulons.

97.

La timidité ressemble à la sensitive : elle ferme l'intelligence d'une personne dès qu'on l'approche , comme la plante ferme ses feuilles aussitôt qu'on la touche.

98.

Un des plus grands tourmens du cœur est de tromper ce que l'on aime.

99

A quinze ans , à vingt ans , on jette son âge à la tête de tout le monde; à trente, on le garde pour soi.

100.

Il y a des cœurs qui ont moins de mémoire que la tête.

101.

Les choses dont on parle le moins , sont souvent celles auxquelles on pense le plus.

102.

Chez les nobles , ou chez les riches dis-
tingués , un artiste de mérite est presque
toujours un artiste, c'est-à-dire , un être
qu'il faut apprécier , car il est privilé-
gié; chez de certains riches, un *artiste*
est souvent un zéro, pour eux; cela ne peut
pas se chiffrer.

103.

Il y a des êtres qui font beaucoup de mal,
et qui en sont fâchés, mais ils ne savent
rien réparer ; au contraire , ils agravent
la première souffrance qu'ils ont causée.

104.

On voit de jolis laids, et de jolies laides,
qui sont quelquefois bien plus dangereux
que de belles personnes.

105.

Il y a des fautes que l'on voudrait arracher de sa vie, comme un mauvais feuillet dans un bon livre; mais il est numéroté et s'enchaîne aux autres ; il faut que ce feuillet y reste ; on ne peut que passer dessus avec tristesse, en soupirant de l'y retrouver toujours.

106.

Il existe des personnes qui ne veulent point être aimées, pour n'avoir pas la peine d'aimer elles-mêmes ; elles ressemblent en cela aux avares, qui, détestant donner, ne veulent pas recevoir.

107.

Il y a des jours dans la vie que l'on devrait marquer avec un crayon, d'autres avec de l'encre, d'autres encore avec du sang !

108.

Rien ne réunit deux cœurs comme l'a-

mour dans le présent, et ne les sépare
comme ce sentiment dans l'avenir !

109.

Le monde est un grand théâtre dont les
acteurs sont toujours en scène, bien qu'ils
ne soient pas toujours en costumes.

110.

Se laisser demander, est-ce obliger? Il
est bien plus doux de prévenir.

111.

La main qui se blesse par sa faute n'en
ressent pas moins de douleur ; pourquoi
donc ne pas la secourir ou la plaindre, et
ne lui donner que de la morale pour consolation.

112.

Il y a des noms qui ont une mélodie qui
vous prévient en faveur de ceux qui les

portent, c'est comme la ritournelle d'un joli air : on sent que quelque chose de bien suivra ce qui d'abord vous a été agréable à entendre.

113.

Détruire toutes les croyances, toutes les illusions de quelqu'un, c'est vouloir arracher d'une prairie les fleurs qui naissent sans culture ; il faut respecter tout cela, car si l'on veut l'enlever, plus d'ornement gracieux dans le pré, plus rien de doux dans l'existence, tout devient sec, aride ; alors mesurant la vie passée et celle à venir, on se dirait : » Eh, quoi ! c'est pour cela qu'il faut vivre et souffrir ! »

114.

Chacun est si ennemi de la monotonie, que, dans une question d'art, l'on préfère souvent un mélange de bien et de mal, au tout-à-fait bien , et si l'on revient à ce dernier , c'est souvent plutôt par caprice que par justice.

115.

Le monde est comme un spadassin qui crie beaucoup et vous accable d'injures lorsque vous avez l'air de le craindre ; mais si vous opposez un noble courage à toutes ses calomnies , à toutes ses insultes , et surtout une forte volonté , il se recule, se tait , et vous laisse passer avec respect.

116.

Il existe des êtres chez qui la maladie ramène l'enfance.

117.

On veut , on désire la liberté , l'indépendance , et à chaque instant , on ajoute un anneau à sa chaîne , soit pour le monde , soit pour ses amis , soit pour le besoin d'aimer et de l'être... Enfin, comme si l'on avait peur de ne pouvoir marcher sans être garotté, on n'a pas plutôt brisé un lien, que vite on s'en crée un autre.

118.

Il est des voix dont le son ne peut s'oublier : elles résonnent toujours à nos oreilles , comme à l'instant où l'on cesse d'entendre le timbre d'une cloche.

119.

Il y a des personnes qui prennent la sécheresse de style pour de la concision.

120.

Quand on a beaucoup désiré une chose et qu'elle vient trop tard , on n'est plus si heureux de l'obtenir.

121.

Il y a des instans où l'on fait vingt lettres dans son imagination et où l'on n'a pas la force de prendre la plume pour en écrire une seule : la tête brûle et la main est glacée.

122.

Le silence, après une correspondance suivie, n'est pas toujours une preuve d'oubli, ni d'indifférence : c'est souvent le signe d'une grande souffrance, d'un profond abattement ; l'esprit et le cœur se trouvent harassés, comme le corps après une longue course faite inutilement : on n'a plus le courage de se remettre en route.

123.

Il y a des personnes tellement orgueilleuses que, bien qu'elles sentent leurs fautes, elles hésitent à demander pardon ; elles ne voient pas qu'elles seraient plus grandes en s'avouant coupables, car, comme dit Bossuet : on n'est jamais si faible que lorsque l'on ne veut pas le paraître.

124.

Ceux qui n'ont jamais reçu savent rarement bien donner.

125.

Un homme confond dans son imagination le souvenir de sa maîtresse avec d'autres plaisirs, puisqu'on lui fait dire souvent: » le vin, le jeu, les belles, les chevaux. » Ainsi donc une femme est souvent placée à côté de tout cela ; ce mélange est sans doute très-agréable, mais les femmes en sont peu flattées ; elles s'en vengent en trouvant le souvenir de celui qu'elles aiment dans un ruban, ou souvent dans une fleur.

126.

L'amour-propre a plus de rancune que le cœur.

127.

Quand on est sûr de l'objet que l'on

4

chérit, il a beau être éloigné, on ne souffre pas, on se sent aimé, on aime, on devine que la pensée de l'absent vous appartient comme la vôtre est à lui.

128.

Tout est illusion, dit-on; que faut-il préférer de celle qui touche notre âme, ou de celle qui flatte notre amour-propre? Toutes deux sont trompeuses; mais au moins, la première laisse des souvenirs qui ont une trace profonde.

129.

La jalousie est toujours dans l'amour, et l'amour n'est pas toujours dans la jalousie.

150.

Celui qui a une croyance, est presque toujours bon, mais il souffre souvent; celui qui ne croit à rien, est quelquefois cruel et âpre ; celui qui doute a souvent une raillerie gracieuse dans le caractère, qui le rend aimable et heureux.

151.

Il ne faudrait jamais railler des extra-vagances du cœur, car elles ne sont souvent causées que par la souffrance !

152.

On porte le deuil d'un parent éloigné que souvent on n'a jamais vu, et l'on ne prend pas celui d'un enfant adoré ! Et puis, on vous pose de la glace sur le cœur, en vous disant.... « *c'est l'usage !* »

153.

Quand une femme aime bien, c'est pour être plus sûre de plaire à un seul qu'elle désire plaire à tous.

154.

Dans les rapports que vous font beaucoup de personnes , et dont souvent on ressent un profond chagrin , il ne faut pas croire qu'il y a toujours de la méchanceté; non , c'est souvent manque de tact ou ignorance du cœur humain et de ses bizarreries : on vous déchire sans le croire , on veut seulement vous éclairer et l'on vous brûle !

135.

Il faut demander le bonheur au travail, a écrit Necker, c'est-à-dire, la tranquillité sur son indépendance.

136.

Les conseils de nos amis doivent être comme les ordonnances d'un bon médecin, donnés avec prudence et douceur , sans cela l'effet en est nul.

157.

Le mot le plus triste dans toutes les langues c'est le mot *Adieu !*

138.

Les seules choses que les hommes accordent aux femmes dans toute leur plénitude, c'est la beauté, la grâce, parce qu'ils regardent ces deux qualités comme leur propriété , et non la nôtre.

139.

Le passé est souvent le trouble-fête du présent.

140.

Faire du bien à ceux dont on en a reçu , c'est un devoir , c'est une dette que l'on acquitte ; en faire à ceux dont on n'a rien accepté, c'est une jouissance: il y a de la liberté et de l'indépendance dans celui-là; en faire à ceux qui nous ont fait du mal, c'est une vertu , il faut quelquefois se raisonner pour la pratiquer; elle devient alors une douce vengeance du cœur.

4.

141.

C'est le malheur d'une femme tendre, quand un homme, qui peut être aimé, se dit : « que m'importe le temps, je veux qu'elle m'aime. »

142.

La médiocrité est comme un cabriolet mal mené, elle éclabousse tous ceux qui passent à ses côtés ; mais on efface facilement ses taches.

143.

L'instant où l'on juge le mieux les scènes de la vie, est celui où l'on n'est ni jeune ni vieux.

144.

Avoir trop de distractions, c'est brûler l'existence.

145.

Les femmmes ont peu de génie : elles

ont de l'âme et de l'esprit , plus ou moins;
elles ne feront jamais de grandes compo-
sitions musicales, ni de grands tableaux ,
ni de longs poèmes ; mais aussi , elles au-
ront toujours des choses de détail fines et
tendres , dont les hommes ne pourront que
faiblement imiter la grâce et la vérité.

146.

La philosophie est une société qui vous
laisse rarement séul dans la solitude.

147.

Quand on vient d'être accablé de mal-
heurs et qu'il vous arrive quelque chose
d'heureux , par hasard, on n'ose y croire,
on est toujours comme un malade qui sort
d'un état de souffrance et qui écoute si
le mal revient.

148.

On dit qu'à présent l'esprit court les rues;

c'est possible ; mais c'est l'esprit qui loge
dans le cerveau ; celui du cœur est toujours rare.

149.

Les hommes sont si ingrats, qu'il en est
bien peu qui tiennent à laisser d'eux un
souvenir agréable dans l'âme d'une femme;
il semble qu'ils aiment à s'éterniser par le
mal ; ils n'ont en cela que la coquetterie du
moment et non celle de l'avenir.

150.

L'absence est la guérison de ceux qui
aiment faiblement et la torture de ceux qui
aiment fortement.

151.

La solitude remet à vif toutes les couleurs pâlies des événemens passés.

152.

Une femme est fière de la supériorité de

celui qu'elle aime ; un homme est parfois gêné, s'il en reconnaît dans celle qu'il a choisie.

153.

L'avarice rétrécit toutes les qualités de l'âme ; là où elle a passé il n'y aura jamais une grande passion.

154.

Dans l'existence d'un homme, on trouve beaucoup de femmes pour faire nombre et très-peu pour faire époque.

155.

Le monde croit au mal sur la superficie; pour ajouter foi au bien, il faut qu'il creuse au fond.

156.

Avant de murmurer contre la Providence, il faut bien regarder autour de soi, pour savoir si elle ne vous a pas envoyé un grand bien à côté d'un grand mal.

157.

Si l'on pouvait arrêter son imagination comme le mouvement d'une pendule, on s'éviterait quelquefois bien des pleurs dans la solitude.

158.

L'orgueil torture ceux qu'il conduit.

159.

L'industrie est une mère marâtre qui, pour donner naissance à un enfant, poignarde l'autre.

160.

Figaro a dit qu'il y avait deux vérités, on peut dire aussi qu'il y a deux probités : celle de la conscience et celle de l'amour-propre ; la première vient de la noblesse de l'âme et s'acquitte *sans écrit* de ses obligations : c'est la plus rare.

161.

Le contentement de soi-même est la santé de l'esprit.

162.

Le mérite fait des amis plus constans et plus délicats que la fortune, parce que l'une se perd souvent et que l'autre reste toujours.

163.

L'amour se promène parmi les généralités, mais il se fixe auprès des exceptions.

164.

Le moyen de ne pas croire à une destinée, quand toutes les résolutions, tous les combats, toute la prudence possible,

ne peuvent vous garantir d'arriver où vous
ne voudriez pas.

165.

S'il n'y avait pas de ciel, il faudrait en
inventer un pour les poètes et les amans.

166.

La république est la croyance des âmes
candides, le rêve des cœurs nobles, la
spéculation des ambitieux et des fripons ;
comment l'asseoir au milieu de tout cela?

167.

Il y a des mensonges que l'honneur ou
l'amitié vous obligent à soutenir avec autant d'énergie que la vérité.

168.

L'ironie peut être l'arme d'un cœur passionné, mais jamais celle d'un cœur tendre.

169.

Le plus grand courage d'une femme
doit être d'éviter le danger et non de le
braver.

170.

Ce qu'il y a le plus à regretter dans la
vie c'est l'illusion.

171.

Quand l'idée du suicide s'empare d'une
femme, ce n'est que l'amour qui peut
l'arracher de son cœur.

172.

Quand on est obligé de s'occuper du positif de la vie, sans en avoir le goût,
c'est un devoir bien sec à remplir.

173.

Lorsqu'une mère n'a eu que des enfans exempts de fautes, elle ne sait pas

jusqu'où vont les devoirs de ce titre si doux et si cruel.

174.

Il y a beaucoup d'amitiés qui ne tiennent qu'aux positions.

175.

Les âmes les plus susceptibles d'erreur, sont parfois aussi celles capables des plus grands sacrifices pour les réparer; il y a de l'élan dans ces âmes là, du dévouement; mais de celles qui sont *infaillibles*, le plus souvent par froideur, il ne faut rien attendre, que de la sécheresse ou de la raillerie.

176.

Si l'on savait à combien de petites choses se rattache un grand événement, on n'oserait plus blâmer le cœur qui a été fautif.

177.

Dans un lien d'amitié ou d'amour, si la

douceur ne se trouve pas chez les deux caractères liés ensemble, il y en aura toujours un qui finira par souffrir beaucoup, et aimer moins par la suite; la rudesse, l'âpreté, la violence, la dureté, finissent par ôter tout le velouté du lien pour n'en laisser que la trame.

178.

On voudrait avoir tout le talent des poètes réunis, pour savoir jeter des fleurs sur de certaines tombes.

179.

Il y a des liens d'amitié entre homme et femme qui ne peuvent se définir; si c'eût été d'abord de l'amour, cela serait devenu de l'amitié, et pourtant ce n'est ni l'un ni l'autre.

180.

Le bonheur est comme un mirage qu'on

espère toujours attraper et que l'on ne peut jamais atteindre !

181.

En général les femmes ne pensent qu'à conserver leurs charmes physiques; elles devraient bien songer aussi à embellir leur caractère; car si la beauté est l'appât qui attire l'homme, la douceur et l'amabilité sont les clous qui savent le fixer.

182.

Il y aurait bien plus de femmes vertueuses et qui sentiraient la dignité de leur sexe, si la société avait créé pour elles un plus grand nombre d'états indépendans.

183.

Chacun parle de l'amour et seulement quelques exceptions le connaissent.

184.

Si une femme est souvent recherchée

par un homme comme un jouet, souvent aussi une femme devrait traiter un homme comme un grand enfant, renfermer toutes ses impressions tristes et tendres, enfin garder au dedans le drame, et n'avoir au dehors que du vaudeville et du bariolage.

185.

Il arrive souvent qu'une personne sans esprit donne une fort bonne leçon à une personne spirituelle.

186.

On ne guérit d'un grand amour que par un autre.

187.

La douleur délaye son style, l'âpreté le resserre.

188.

La mémoire du cœur est souvent la plus

mauvaise, car elle vous rappelle trop bien ce qui peut vous affliger.

189.

Il y a des procédés, des mots, des actions qui apportent sur un cœur souffrant une guérison bien plus radicale qu'une infidélité.

190.

Les désirs de l'amour-propre sont aussi ardens que ceux de l'amour ; voilà pourquoi il est si aisé de les confondre.

191.

Il y a si peu de bonheur complet, que celui qui a été le plus favorisé du sort pendant sa vie, peut à peine compter deux ou trois mois épars dans son existence où il a pu se dire : « je suis entièrement heureux. »

192.

Les hommes font tout pour conquérir un cœur et rien pour le conserver, et puis ils s'étonnent de le perdre !

193.

On reproche aux femmes d'être dissimulées, elles ne le sont pas encore assez ; elles devraient toujours être comme des êtres mystérieux, comme ces idoles qu'on adore sous différentes figures, mais dont on ne connaît jamais la véritable.

194.

Quand les âmes tendres ne sont pas satisfaites du présent, elles essayent, par leurs souvenirs, de revivre dans le passé qui a été heureux.

195.

Pour qu'une liaison d'amour soit toujours heureuse, ou qu'elle se dénoue sans chagrins d'amour-propre, il faudrait jamais n'avoir de confidens ni l'un ni l'autre, ou les choisir amoureux eux-mêmes.

196.

On dit que le cœur d'une femme est inexplicable ; c'est que sur les plus petits points, le devoir est presque toujours en opposition avec son cœur, elle est, pour ainsi dire, sans cesse en lutte avec elle-même; comment alors, avec ce combat continuel, cette défensive abandonnée et reprise tour à tour, ne pas paraître souvent *inexplicable* aux yeux d'un homme, de l'homme, qui n'a jamais qu'un but, celui d'obtenir, et qui peut toujours convenir, lui (sans crainte du blâme), de tout ce qu'il pense et de tout ce qu'il veut ?

197.

Il y a des gens dont l'esprit paresseux

ne sait rien chercher ; ce qui leur saute aux yeux, est la seule chose qui puisse les séduire.

198.

Quand une femme a eu beaucoup de chagrins et qu'elle trouve une triste distraction à écrire, elle éternise la douleur !

199.

Il est peu d'êtres qui n'aient pas une fatalité.

200.

Une femme se connaît mieux qu'un homme ne se connait, parce qu'elle a moins d'orgueil, et plus d'observation.

201.

Le classique et le romantique peuvent s'appliquer à l'existence: le premier en est le positif et la généralité, le second ses illusions et ses exceptions.

202.

Il y a des gens qui croient que le talent et l'amour peuvent s'acheter ; comme si l'on pouvait payer ce qui se déifie.

203.

Faire un faux serment doit donner la crainte de l'enfer ; refuser de le prononcer même au dépend de son bonheur, laisse une consolation.

204.

En vivant toujours avec des heureux, on ne connaît le monde que sur une bien petite face ; ce n'est qu'avec ceux qui sont dévorés de douleurs différentes et cruelles, que l'on comprend toutes les bigarrures de la vie.

205.

La femme qui n'a eu que les vertus de *convention* doit en remercier souvent les circonstances; lorsqu'elle a eu toutes celles de la nature, elle peut, sans crainte, paraître devant Dieu.

206.

Une âme tendre trouve de la force pour supporter un grand malheur, et s'use par des chagrins répétés.

207.

Les femmes n'ont rien gagné *au progrès*, parce que les hommes ont prévu qu'elles iraient plus vite qu'eux.

208.

Combien la suite d'une chose fait quelquefois repentir d'un premier jugement porté sur elle.

209.

L'amour est le seul véritable mariage du cœur.

210.

Le méchant est quelquefois meilleur que le faible pour ceux qu'il aime ; le premier assouvit sa rage par une blessure qui guérit, le second, toujours incertain, capricieux de ce qu'il veut pour les autres et pour lui-même, vous déchire sans cesse, passe sa vie sans bonheur, et ne sait le donner à personne.

211.

Il y a des amours dont la force et la constance vous touche, malgré que le devoir en murmure.

212.

On souffre souvent d'un lien au point de vouloir le briser, et quand le sort pourtant vient à le rompre, on pleure, on se livre à la douleur la plus amère, on regrette jusqu'à la trace de la chaîne qu'on avait à

supporter de lui.... on est comme l'enfant
qui se débat d'une forte lisière et qui s'en
voyant dégagé, se trouve sans appui et
tombe en gémissant.

213.

La politique est une mégère dont le
vêtement est toujours flétri, elle ne le
lave qu'avec du sang, et elle déguise ses
goûts de désordre et de férocité sous le
nom de patriotisme.

214.

Le bon ton est la parure de l'esprit,
l'affèterie en est la carricature.

215.

La coquetterie de la jeunesse est souvent
de ne plaire qu'à un seul être, celle de la
vieillesse devrait être de plaire à tous.

216.

Le voile du passé s'épaissit à mesure que
celui de l'avenir se lève.

6

217.

Il y a des êtres auxquels vous donnez tout votre sang, ils paraissent contens de ce sacrifice ; mais si par hasard ils aperçoivent que vous en conservez une seule goutte, tout celui que vous avez répandu pour eux n'est plus rien, ils ne voient que cette petite et faible partie que vous avez gardée sans le savoir, et quand on est prêt à la leur donner, ils s'éloignent avec dédain sans vouloir vous entendre.

218.

Il y a des femmes qui parlent de l'âge des autres comme si elles devaient échapper à cette maladie ; qu'elles y prennent garde, ce mal vient bien vite, il ne faut pas médire de ce qui est si près de nous.

219.

Le malheur a une célébrité que la méchanceté vous envie encore, parce qu'il porte sur nous une sorte d'intérêt.

220.

Un congé en amour est quelquefois un nœud de plus sur le lien qui vous lie.

221.

Il y a des amis si susceptibles, qu'au moindre petit choc, ils vous traitent en ennemi plus durement que ne feraient des étrangers.

222.

Entre l'esprit acquis et l'esprit naturel la différence est grande : le premier n'a qu'un répertoire que l'on finit toujours par connaître, tandis que le second se renouvelle chaque jour.

223.

Les personnes riantes sont les plus sensibles et les plus faciles à émouvoir ; il ne faut donc pas toujours les juger légères.

224

Rien de plus triste pour un artiste, pour un poète, que de s'arracher à ses pensées de cœur, à ses tableaux d'imagination pour s'occuper de la vie positive : c'est quitter les rêves du ciel pour ceux de la terre.

225.

L'amitié ne veut pas de raccommodement comme l'amour ; chez elle les soudures ne valent rien, parce qu'elles ne peuvent s'y poser avec assez de force, ni avec le même charme.

226.

Ce n'est pas assez de connaître son organisation, il faut encore comprendre celle des autres, et c'est une longue étude à faire.

227.

Une femme qui ne sait pas vieillir, prouve qu'elle n'a eu pour plaire que sa jeunesse.

228.

Les sentences ennuyent et cependant elles savent s'incruster dans la mémoire à n'en jamais sortir; c'est la réprimande du maître d'école qui déplait à l'écolier, mais qui ne l'oublie pas.

229.

Ce que les femmes pardonnent le moins à un amant, ou à un mari, c'est l'orgueil; ce défaut l'empêchera toujours d'être entièrement bon, et lui enlèvera souvent de l'amabilité, tout en aimant beaucoup.

230.

L'amour est comme une harpe harmonieuse dont la mélodie nous enivre, mais dont les cordes délicates se brisent et se rattachent si souvent, que l'accord a bien de la peine à s'en conserver.

231.

Il y a de secrètes douleurs que les cœurs secs ne plaignent jamais; au contraire, on les blâme, on les montre au doigt, malgré le soin qu'elles prennent de se cacher; mais combien une âme tendre les plaint et devine la souffrance de ces muettes larmes qui tombent en dedans et dévorent l'être qui ne peut les avouer.

232.

Le pédantisme chez une femme lui donne un air plus ridicule et plus gothique que toutes les manchettes, les poufs et les paniers du temps de Louis XV.

233.

Il y a des personnes qui vous aiment, mais qui vous aiment.... jusqu'à la pre-

mière épreuve que vous demandez de leur
attachement.

234.

Les préjugés ne restent enracinés que
dans un terrain que l'on a mal cultivé.

235.

Croire être aimé de ce qu'on aime est
la joie du cœur, penser ne l'être plus en
est le deuil.

236.

La mélancolie de la jeunesse est un désir
vague de connaître l'avenir; celle de l'âge
mûr, vient des peines de la vie : l'une est
douce et se colore d'un sourire, l'autre
n'a que de muets et d'amers souvenirs.

237.

Il y a des jours où les pensées sont claires
et scintillantes comme le cristal, il y en
a d'autres où elles semblent enveloppées

d'une trame épaisse, sombre; on va toujours en avant, on cherche mais rien ne vient répondre à votre désir.

258.

L'idole du siècle est l'égoïsme, le but général c'est l'argent; avec cela adieu les arts, la gloire, l'avenir, le désir de laisser un nom, adieu la poésie, ce doux langage du cœur!.... Cette fièvre de l'or qui dessèche ce qu'elle approche finira par laisser tout peut-être dans un horrible marasme.

259.

Il y a des instans où le sort paraît tant vous en vouloir, il jette sur vous tant de maux à la fois, qu'il ressemble à une raillerie; on ne peut y croire et l'on reste anéanti sous la quantité de pierres différentes qu'il fait tomber sur vous de tous les côtés.

240.

Quand il faut se tourmenter l'esprit ou s'accabler de travail pour se procurer la vie positive et celle des siens, que de sacrifices de cœur on est obligé de faire, dont les êtres secs et froids railleraient, si on allait les leur confier !

241.

L'amour est la chose sur laquelle on a le plus parlé, et sur laquelle on devrait le plus se taire, car ce qui ne peut que se sentir ne saurait ni se raisonner, ni se définir.

242.

Pour savoir si une femme est heureuse ce n'est pas dans le monde qu'il faut la suivre, il y a là tant de sourires de complaisance, tant de convenances à observer même à son insçu !.. Mais à son réveil quels soupirs profonds s'échappent souvent de son cœur, que d'abattement dans son être, que de brûlantes larmes avant de trouver le repos que le soir doit donner !

243.

Il y a bien peu d'êtres qui soient contens de leur profession, et qui désirent pour leurs enfans la même qu'ils ont embrassée ; pourquoi ? C'est que dans ce monde, la chance du mal est en tout plus forte que celle du bien, et personne, au bout de sa course, n'est entièrement satisfait du chemin qu'il a parcouru.

244.

L'ennui sans le chagrin peut encore se tuer, mais le chagrin réuni à l'ennui, sont deux ennemis dont il est bien difficile de se défaire.

245.

Il arrive trop souvent qu'une faute en

amène une plus grande encore ; on croit se distraire, s'étourdir, et l'on court à sa perte.

246.

On ferme les yeux sur un vice, on les ouvre sur un ridicule.

247.

Les qualités d'un homme sont souvent développées par une femme, les défauts d'une femme sont quelquefois l'ouvrage d'un homme.

248.

Pour que la calomnie vous flétrisse moins il faut la laisser tomber, quand elle arrive sur vous ; mais si vous vous en laissez toucher, si vous voulez lutter avec elle, sa tache s'étend et ne peut s'effacer.

249.

Tous les mariages ne sont pas inscrits

dans le ciel; ceux de l'ambition, de l'avarice et de la cupidité ne seront jamais reconnus par Dieu.

250.

On peut attendre une grâce sur un arrêt dicté par la justice, mais il ne faut rien espérer d'une résolution soutenue par l'amour-propre; ce n'est plus du caractère, de la fermeté, c'est de l'entêtement, de l'obstination, il n'y a rien de sensible là dedans, ce n'est qu'une susceptibilité qui vous repousse sans pitié et vous brise sans remords.

251.

Nous traitons quelquefois le bonheur en esclave, et nous comptons trop sur sa servitude, une fois qu'il s'est fixé chez nous; notre dédain le pique, il brise bientôt sa chaîne en nous dédaignant à son tour; il se fait remplacer par le malheur et celui-là ne nous quitte pas facilement.

252.

Qu'un riche vous tourne le dos dans l'infortune, il y a de la dureté, de la sécheresse sans doute ; mais que le seul cœur pauvre que vous regardiez comme un appui se ferme pour vous.... il n'y a pas de consolation pour cette peine là, le reste de la vie en est la durée.

253.

Le jour de l'an est comme la fantasmagorie qui d'abord nous plaît lorsque nous sommes enfans, et plus tard nous fait peur parce que souvent il devient un souvenir de tristesse.

254.

Il faut toujours cacher la supériorité que l'on se sent sur les autres, si l'on veut bien étudier le cœur humain.

255

Il y a des amis qui nous aiment avec

douceur, c'est la grâce de l'amitié; d'autres ont toujours le reproche et la morale à la bouche et nous en veulent beaucoup de ne pas suivre leurs conseils, comme s'il dépendait de nous de nous conduire par les autres et même par nous. Est-ce que notre organisation n'est pas là pour se railler de toutes nos volontés?

256.

Une femme doit toujours être indulgente pour les autres, car elle ne peut vraiment répondre d'elle que lorsqu'on ne la recherche plus.

257.

On excuse, on est touché des cris qu'une douleur physique nous arrache, est l'on est sans pitié souvent pour ceux d'une souffrance morale.

258.

Il y a des lettres d'amour dangereuses

à relire, car elles font renaitre le feu qu'elles ont allumé dans un autre temps.

259.

Quand on cherche à ne pas être à soi, il est rare que l'on ne perde pas à prendre l'enveloppe que l'on emprunte.

260.

Les premières querelles de l'amour le rendent plus fort, plus tard elles le flétrissent.

261.

L'amant qui a été bon avec une femme conserve sur son cœur un empire éternel et son souvenir survit à tous les autres: il s'unit à celui de Dieu dans le reste de sa vie.

262.

Les femmes délicates ont de bien que lorsqu'elles ont failli dans les devoirs créés par les hommes, elles se rattachent à ceux de la nature avec une espèce de passion et de culte religieux, qui prouve leurs regrets douloureux d'avoir été entraînées à manquer aux autres.

263.

Pour sentir ce que l'on vaut, il faut avoir été aux prises avec le destin; si vous n'avez usé qu'une vie calme vous ne pouvez savoir si vous n'auriez pas fait pis que ceux que vous blâmez.

264.

L'oubli est une mort vivante.

265.

Dès qu'un homme est en place il devient acteur, quoiqu'il en puisse dire; il est sur le grand théâtre du monde, exposé à une critique qui a bien ses sifflets aussi; chacun le juge, l'épilogue, le lorgne, et tous les points de la lorgnette ne sont pas bons.

266.

Il faut plaindre l'athée au lieu de le blâmer, car il est dans la vie comme sur un pivot tournant, il ne peut s'appuyer sur rien.

267.

Une personne sensible et tendre a souvent des principes et point de préjugés; un égoïste a presque toujours au contraire des préjugés et rarement des principes; c'est que les préjugés viennent du monde, de ses usages et les principes partent du cœur.

268.

L'espoir ressemble à un amant qui nous trompe, et qui pourtant nous rend heureuses.

269.

Nos plus chers amis hésitent rarement à

nommer nos défauts, et discutent long-
temps sur la nuance d'une de nos qualités.

270.

La véritable amitié est celle qui résiste
à toutes les phases de la vie, aux fautes
même de ceux que nous aimons ; le beau
mérite d'aimer toujours quelqu'un de par-
fait et de toujours heureux !

271.

Tant qu'une femme ne s'est pas donnée
à celui qu'elle aime, elle est plus maîtresse
de reprendre son cœur que l'homme ;
après, c'est le contraire.

272.

A quinze ans, on désire, on ne veut
qu'un mari ; à vingt ans, on pense à un
amant, à trente ans, on est désabusée sur
l'illusion de l'un et de l'autre ; plus tard on
ne cherche qu'un ami.

273.

L'absence sans lettres ressemble trop à l'oubli : c'est le temple de Vesta sans prêtresse pour en animer le feu.

274.

La femme ou l'homme qui raillent de l'amour et qui disent qu'ils n'aimeront jamais, ne sont ni forts ni froids ; bien souvent seulement ils ont été mal attaqués ou ils n'ont pas encore rencontré l'étincelle qui doit les brûler.

275.

Le tact et l'observation sont l'encadrement de l'esprit.

276.

Malgré que la colère soit un délire, on peut pourtant juger par elle d'une partie du caractère et surtout du degré d'attachement que l'on vous porte ; là vous pouvez

voir si on vous aime en despote ou en
amant, en esclave ou en maître ; là toutes les illusions tombent, et quelquefois
l'amour.

277.

Si tous les compositeurs, si tous les poètes s'amusaient à raconter ce qui leur a
inspiré telle ou telle idée musicale, tel
ou tel vers, ils auraient de quoi faire des
volumes, et que de bizarres choses ils
pourraient dire !

278.

Si le français veut être sérieux, il baille ;
si l'allemand veut être léger, il rit triste-
ment ; si l'anglais veut se rendre galant, il
est guindé ; quand le turc cherche à être
aimable, il est lourd ; l'espagnol qui veut
n'être pas sombre, est un tableau sans om-
bres ; quand l'italien se retient de gesti-

culer, il semble garrotté; la femme qui
parle politique perd de son charme; mais
celui qui se met à la portée de chacun sans
perdre de son naturel est ce qu'il faut.

279.

Les jours de bonheur peuvent se compter; on perd le nombre de ceux de la souffrance.

280.

Les confidences des amans, en passant
de bouches en bouches flétrissent ce qu'il
y a de plus sacré dans l'amour, c'est le
mystère et toute sa pudicité.

281.

Une timidité trop grande donne plutôt
au caractère quelque chose de farouche
que de la douceur.

282.

L'argent a tant humilié le mérite, qu'il

a fini par l'atteindre et jouir de lui ; mais si cela continue le talent sera étouffé par le poids si pesant de la richesse.

283.

La vie est une énigme dont les hommes ont cru deviner le mot en mettant à la fin « mort » ; le véritable ne peut se lire qu'au ciel.

284.

Ce qui perd les femmes, c'est leur crédule espoir sur la discrétion de celui qui sait avoir assez de persévérance pour parvenir à leur plaire, et souvent leur foi dans l'amour platonique.

285.

L'amour est un sentiment idéal qui vous transporte au ciel et que tous les êtres positifs de la terre ne peuvent ni sentir, ni comprendre : il y a certainement une organisation particulière pour éprouver l'amour comme il y en a une pour tel ou tel talent.

286.

Quand on est près de s'endormir le soir, l'imagination ressemble à un cercle bruyant dont on entend les voix différentes bourdonner à nos oreilles d'une manière confuse, on est quelquefois forcé d'ouvrir les yeux pour se persuader que l'on est dans la solitude.

287.

Une femme pardonne une première infidélité, mais elle n'a plus de confiance; elle pardonne encore la seconde, mais sans l'oublier; la troisième use son cœur et si, à son tour, elle ne veut pas changer, elle n'a plus que de la froideur, des regrets pour l'amour passé et du dégoût pour l'amour à venir.

288.

Quand on est enfant, on ne comprend pas la mort, mais on a un instinct de l'immortalité.

289.

Il n'y a qu'une qualité que tout le frottement du monde ne peut user, c'est une véritable bonté; toutes les autres s'altèrent un peu.

290.

Si les aristocraties n'étaient pas toutes insupportables, celle du talent serait au moins la plus noble.

291.

La guerre que l'on fait aux hommes ne sert qu'à faire ressortir leur gloire, et celle que l'on déclare aux femmes, ne tend qu'à la leur faire perdre.

292.

Il faut toujours espérer d'un cœur qui sait pleurer sur ses fautes.

293.

Une bonté sans un peu d'énergie ou d'exaltation est un jour d'été sans soleil.

294.

Les comparaisons sont le miroir des pensées.

295.

L'esprit s'éparpille tellement à présent dans les feuilles, dans les journaux, que chacun en recueille un peu; il devient vraiment une monnaie courante, mais il y a des monnaies de toutes les espèces.

296.

Une femme devrait dans sa jeunesse faire ample réserve d'indulgence, de résignation, d'amabilité, d'érudition, de douceur surtout, et de ce qui peut embellir un âge plus raisonnable : l'été passe rapidement, et l'hiver est bien long ! il est possible de traverser l'un en tête à tête; mais, pour le second, il faut de la socîété.

297.

Il y a des liens d'amitié qui sont brisés sur la terre et qui se renoueront dans le ciel, parce que là Dieu jugera tous les cœurs.

298.

La première ambition d'un homme c'est une femme; la seconde c'est d'en obtenir beaucoup ; la troisième, l'argent; la quatrième, les places, les honneurs... La mort arrive sans qu'il ait eu le temps d'avoir tout ce qu'il voulait !

299.

Par les conventions du monde qui n'estime que l'apparence, un mariage d'un jour renferme à ses yeux plus d'intérêt qu'un lien d'amour de plusieurs années; une liaison maritale est donc ce que doit fuir une femme, car elle y trouve tous les inconvéniens du mariage, sans en avoir la considération.

300.

C'est une méthode peu réfléchie de vouloir élever les enfans de la même manière ; la mère doit étudier ses plantes : elles ne peuvent être toutes dirigées avec la même culture.

301.

Les femmes viennent toujours briser leur amour-propre contre l'amour ; le contraire est chez les hommes et ne nous donne pas de leçon.

302.

Il y a des hommes qui ont une anti-

pathie pour les femmes poètes; pourquoi ?
La poésie n'est-elle pas la lyre du cœur ?
Une femme ne peut-elle essayer de la faire
vibrer ?... On devrait les plaindre, au contraire, car ce n'est que la douleur et la
mélancolie qui leur fait chercher une consolation dans ce triste mystère !

303.

La seule chose de libre dans le monde
et de vraiment indépendante, c'est la
pensée.

304.

Chez un homme qui devient dévot, il
n'y a souvent que de la peur ; chez une
femme qui tombe dans la même faiblesse,
il y a encore de l'amour.

305.

Il y a des amours qu'on doit cacher au
monde, mais qu'on pourra avouer dans

une autre vie : devant Dieu, aimer ne sera pas une faute.

306.

La fierté rapétisse ceux qui sont riches, elle élève ceux qui sont pauvres.

307.

Les circonstances nous forcent à changer plus souvent que notre volonté.

308.

Ce qui fait une partie du malheur des femmes, c'est leur extrême dévouement pour celui qu'elles aiment, le peu d'empire qu'elles ont sur elles pour cacher leurs impressions, leurs cruelles souffrances et surtout leurs larmes ; l'homme ne recherche que le plaisir ; il reste, sans s'en rendre compte, près de celle qui le fait rire, et, sans le vouloir quelquefois, il fuit celle qui pleure.

8.

309.

Pour les cœurs tendres , la mort est une espérance , car ils ne sont sur terre que pour y souffrir.

310.

Etre impressionnable et s'émouvoir de tout facilement , est un malheur que l'on apporte en recevant la vie ; de bien rares douceurs viennent en adoucir la continuelle amertume ; la cacher le plus possible est ce qu'il y a de mieux à faire.

311.

Les personnes heureuses ne voient jamais que le profil des événemens ; il n'y a que les malheureux qui en prennent toute la face.

312.

C'est à remarquer, comme en général on ne peut pas tout ce qu'on veut , et l'on ne veut pas tout ce que l'on peut.

313.

Souvent on enferme ses chagrins dans son cœur, on les couvre d'une enveloppe que l'on croit épaisse, et l'on va rire au monde avec ce fardeau; puis ce monde qui, en général, n'approfondit rien, vous dit gaie, légère et consolée; soi-même on se figure que l'on souffre moins; mais que le plus petit frottement arrive, l'enveloppe est déchirée et alors on voit combien on s'était abusé! Il faut encore pleurer, gémir sur chaque lambeau qu'on avait cru serrer; il faut recommencer à les cacher tous!.... Tant qu'il est nécessaire de faire cet arrangement de la douleur, on est bien loin de la guérison de ses souffrances.

314.

Les gens dont on fait tout ce que l'on

désire sont justement ceux que l'on ne tient
jamais : ils cèdent à votre volonté , ils feront celle d'un autre ; il vaut mieux , pour
le cœur , aimer ceux qui vous résistent : il
y a plus de solidité dans ce qu'ils donnent,
et dans ce qu'ils promettent plus de dévouement.

315.

C'est un malheur pour une femme de
recevoir de la nature une organisation
tendre , exaltée et retenue : ce mélange
ne peut conduire qu'à l'erreur et à la souffrance ; bien peu de personnes savent la
comprendre et l'apprécier.

316.

Nos yeux ont plus de finesse que notre
esprit : ils ne se trompent jamais sur la
nuance des couleurs , et nous confondons
presque toujours celle des caractères; de
là vient si souvent la fausseté de notre jugement sur telle ou telle personne.

517.

Quand vous n'auriez rencontré dans votre vie qu'un seul être qui vous ait aimé de toutes les forces de son âme et avec une entière abnégation , remerciez Dieu de ce divin présent : peu de personnes le reçoivent de lui.

518.

Une femme doit désirer de plaire à son sexe autant qu'aux hommes ; c'est plus difficile ; non par jalousie , comme on le croit vulgairement , mais par bon goût : les femmes jugent en détail , les hommes ne voient que l'ensemble et ne cherchent qu'une jolie figure ; une femme découvre une grâce, une qualité chez la plus laide ; mais aussi elle voit de suite un défaut chez la plus belle ; et on les croit jalouses , quand elles ne sont que justes. Ainsi donc , une femme qui ne plait

qu'aux hommes , n'a qu'un régne de
vogue , de mode : il passe , elle y survit; de même qu'une femme qui ne plairait
qu'aux femmes, ne ferait jamais de grande
passion ; mais celle qui plaira aux uns et
aux autres peut compter sur un triom-
phe durable : il ne meurt qu'avec elle , et
sa tombe reçoit encore l'union de leurs
regrets.

319.

Il faut du temps pour apprécier une qualité chez quelqu'un , il n'est besoin que
d'un instant pour y voir un défaut ; il ne
faut plus s'étonner alors que dans le monde on dise plutôt du mal des gens que du
bien ; c'est plus facile : l'un est l'étude de
l'âme , l'autre celle de l'esprit et plus souvent de la légèreté.

320.

Un homme est souvent prodigue pour

faire briller sa maîtresse par d'élégantes parures , rarement il sera assez généreux pour lui accorder une obole dans l'avenir, si le malheur l'acable.

521.

Quand un homme prend la peine d'étudier le caractère d'une femme, ce n'est que pour la faire plier à sa volonté ; lorsqu'une femme étudie, observe l'organisation de celui qu'elle aime , ce n'est que pour faire abnégation de toutes les siennes.

522.

Un cœur tendre et dévoué, lorsqu'il est mal apprécié , ne doit point espérer dans le monde de récompense à ses souffrances ; ce n'est que vers Dieu qu'il doit placer son espoir.

523.

Le titre de maîtresse que l'on donne

vulgairement dans le monde à celle que l'homme choisit pour compagne de son cœur, ressemble à une raillerie; ce nom doit venir d'une langue où il signifie *esclave*; les hommes en déguisent d'abord la traduction aux femmes pour ne pas les effrayer, mais plus tard ils ne sont pas assez soigneux pour la leur laisser ignorer.

324.

Souvent un homme se vend à l'hymen, quelquefois une femme cède à la nécessité: lequel des deux est le plus blâmable?

325.

Un mariage sans amour est un jardin sans fleurs.

326.

Il y a des femmes qui n'ont que l'enveloppe de leur sexe, c'est aux hommes à les distinguer.

On se console d'une injustice qui blesse notre amour, mais celle qui navre le cœur est une douleur de chaque jour.

328.

D'un lien qui a toujours été heureux, on ne connaît ni la force ni la faiblesse.

329.

L'esprit a sa paresse comme le corps.

330.

Il y a des personnes que l'on connaît depuis peu de jours, et avec lesquelles on est aussi à son aise que si on les voyait depuis des années.

331.

La jalousie, hors l'amour, est un sentiment qu'il faut mépriser.

332.

On ne sait jamais gré à quelqu'un de

nous apprendre quelque chose qui nous blesse.

333.

L'amour est une fièvre qu'il faut laisser passer.

334.

Ce n'est pas l'âge qui nous dit de ne plus aimer, c'est notre physique ; tant que nous plaisons , nous trouvons naturel d'aimer.

335.

Il existe des êtres avec lesquels on n'a jamais de lendemain.

336.

Si tous les hommes honoraient toutes les femmes , il y en aurait bien moins de perdues , c'est souvent le mépris que l'on a pour elles qui les fait s'oublier !

337.

Ce n'est pas tout que de rendre un service , il faut encore y mettre beaucoup de tact et de délicatesse.

338.

L'ignorance parvient quelquefois à ternir l'éclat du mérite , mais heureusement c'est comme le souffle sur une glace , cela s'efface bien vite , et , de même que le miroir , le mérite reparaît plus brillant.

339.

Rien de si ingénieux que l'amour à se tourmenter, et rien pourtant de si facile à se rassurer.

340.

L'absence fait apprécier un amant ou une maîtresse à sa juste valeur : les uns y perdent , les autres y gagnent.

341.

Une femme légère ou vaine n'est jamais

malheureuse que lorsqu'elle perd sa jeunesse, une femme tendre l'est toute sa vie.

342.

La souffrance réunit les hommes, elle amollit leur cœur et semble n'en faire qu'une même famille; le bonheur, au contraire, endurcit, rétrécit leurs âmes, et les sépare les uns des autres.

343.

L'instruction se vend maintenant de tous côtés et à bon marché, mais on n'a pas encore fait la découverte que l'on puisse acheter de l'esprit.

344.

Quand on parle de mariage à un homme, il demande si la future est riche; s'il voit une femme qui pourrait lui plaire comme maîtresse, il s'informe de son âge; oh! fem-

mes, pauvres femmes ! sentez-vous tout ce
qu'il y a d'amer et de dédaigneux dans
ces deux questions ? La femme riche ne se
marie que par son or, et la femme de mérite, la femme tendre ne se marie pas, si
elle n'a point de dot ; et si elle reste libre, et
qu'elle cède à son cœur, elle est mal vue,
elle subit toutes les tortures de l'inconstance
et du caprice de l'homme, qui n'a jamais
de frein s'il n'est pas retenu par un lien
de fer. Souvent il fait pressentir à la plus
chérie des maîtresses qu'il l'abandonnera
un jour, ou par le seul goût du chan-
gement, ou pour un mariage d'argent ;
cette maîtresse, alors, est forcée de changer ; et, c'est en cherchant un appui,
une certitude d'avenir qu'on lui refuse,
qu'elle achève de se perdre ! La nature nous
avait donné un rôle noble et digne ; elle
a fait créé la femme pour être l'égale de

l'homme, peut-être plus encore, car elle lui donne la vie, qu'elle achète par toutes ses souffrances! Voilà le titre sacré que les femmes avaient reçu de Dieu; le monde et sa civilisation les ont placées plus bas; et, en France, où elles paraissent encore mieux traitées que chez les autres nations, elles ne sont plus qu'un objet de spéculation ou de plaisir. Ainsi donc, un homme place sa femme dans ses revenus, et sa maîtresse dans ses distractions. Il fait respecter l'une parce qu'elle a *l'honneur* de porter son nom, voilà tout, et il flétrit et abandonne l'autre. De bien rares exceptions viennent démentir cette règle trop générale.

Voilà votre lot, femmes, le voilà, pesez-le bien, et tâchez de vous créer un état indépendant, pour le rendre moins lourd, et vous mettre à l'abri de ces dédaigneux bienfaits, que les hommes, si peu généreux pour le plaisir de l'être, vous font valoir comme le salaire de votre amour ou de vos larmes.

FIN.

www.ingramcontent.com/pod-product-compliance
Lightning Source LLC
Chambersburg PA
CBHW060842250626
47162CB00005B/2145